공기의 입맞춤

배정이 시집

시음사
시사랑음악사랑

"사실 시인의 논증" 은 공기의 입맞춤이다.

어느 날 뒹굴러 다니던 책에서나 우연히 손에 든 책에서 정말 감명 깊게 읽어 다음에 또 봐야지 했던 한 줄의 글귀가 문득 생각이 날 때가 있다. 그것은 어떤 상황에 처해 있을 때 그 상황에 따라 공감하기 때문일 것이다. 시인이 시를 쓸 때는 어떤 영감을 받아 자기 자신의 감각을 잃고 더 이상 정신이 그 내부에 남아있지 않을 때 비로소 시작(詩作)을 할 수 있는 것이라면 배정이 시인의 시적 감각은 어떤 것일까 하는 궁금증을 가지게 된다. 주변에서 흔히 듣는 유행가 가사도 듣는 사람의 가슴에 와 닿아야 좋은 노래이듯 배정이 시인의 그동안 작품집들 속에 잘 나타나듯 누구나 공감할 수 있는 보통사람들의 이야기를 시적 표현으로 그러면서도 이해하기 쉬운 문장들로 전개되어 있어 많은 독자에게 사랑받는 시인이다.

이번 제4집 제호를 보면 "공기의 입맞춤" 이다. 지금까지 배정이 시인의 작품집들을 살펴보면 사상과 감정등 가치 있는 경험을 잘 표현하고 있으며, 화자의 정서가 월령체 형식을 통해서 표현되고 있다는 것을 볼 수가 있다. 새로운 이야기의 전개 그러면서도 연관성 있는 주제를 가지고 한 권 한 권 작품집을 엮어내면서 연역법으로 설명을 해내는 능력을 보여 주고 있다. 시인의 삶을 다룬 작품들은 흔히 슬프거나 무거울 수 있는데 배정이시인의 작품세계는 오히려 삶에 대한 낙천적인 인식이 더욱 강하다. 이것은 바로 시인의 성격일수도 있겠지만 회색빛 세상을 살고 있는 독자에게 그만큼의 희망과 행복을 꿈꿀 수 있다는 것을 잘 보여 주고 있다.

사단법인 창작문학예술인협의회 이사장 김락호

삶

봄 축제가 이 땅에 열린다.

꽃향기 하나로 굶주린 영혼은 채워간다.

시인 **배정이**

목차 1

목차 2

목차 3

목차 4

나는 곰탱이입니다

나를 유별나다고 말하지 마세요.
혼자서 낙서하는 것이 취미이고
취미 생활을 즐기고 있을 뿐인데.

당신은 나를 유별나다고 말하고
유독 백 사람 중에 한 사람만이
행동이 다르다고 핀잔을 주네요.

똑같은 상황에 똑같은 일에서도
누구는 아주 쉽다고 행동하는데
누구는 너무 어렵다고 말하지요.

나는 실수투성이 곰탱이입니다.
곰탱이는 그저 자유를 만끽하고
낙서하는 재미로 살게 놔두세요.

행복 화재

나는 지금 사그라지지 않는 불길에서
당찬 이유가 아주 많은 열애중이고
걷잡을 수 없는 행복 화재로
사랑의 중도 화상을 입어가고 있습니다.

인생의 둘도 없는 좋은 사람에게
차마 다 하지 못하는 말을
뜨거운 가슴에
그대로 남겨두어서 그런가요.

아니면
특별하게 원하고 있는
심장의 감정이 절제를 모르고
불타오르고 있기 때문인가요.

대화에서 나오는 단어에
지나치리만큼 예민해지고
머리에서 발끝까지
세세히 기억하려고 애를 씁니다.

사각거리는 바람에 행복한 목소리가 있고
새치름히 흔들리는 나뭇잎에
환한 반달의 눈웃음이 보고 싶다고
살짝 그려가는 습관도 생겼습니다.

어쩌다 잠시
생각에서 혼자 있을 때는
다진 마늘같이 매콤한 눈물이 흐르고
마음은 따갑고 아리기까지 합니다.

무엇이 이토록 가슴을 절이고
무엇이 이토록 미치게 만들면서까지
촌스럽고 유치찬란하게 하는지
내가 나를 불쌍한 바보가 되도록 합니다.

사랑! 그래, 이건 사랑인가 봅니다.
오래전에 잃어버린 몰랑한 사랑
쉽고도 어려운 은밀한 심리전에
이런 감정들은 사랑인가 봅니다.

한 사람의 마음을 얻었는데도
끝도 없이 관심을 바라고
생각이 조금만 달라도
고통이라고 투정이 늘어납니다.

나를 정말 생각이나 하고 있을까
나만큼 보고 싶기나 할까
아무리 바빠도 통화는 되지 않을까
만나자마자 시계는 왜 자주 쳐다볼까.

고상한 인격 나이테와 현명한 지혜도
사람 추하고 집요하게 만드는 사랑
무차별 무분별도 가련한 사랑이고
의심하고 미워하고 질긴 고통도
사랑의 타오르는 과정의 불꽃입니다.

나는 지금 사그라지지 않는 불길에서
사는 이유가 아주 많은 좋은 사람하고
걷잡을 수 없는 행복 화재로
사랑의 중도 화상을 입어가고 있습니다.

삶을 비우고

해 끝에 달랑 매달려
바람이 부는 방향에 따라
흔들거리는 속이 빈 삶은.

동공이 풀린 채로
초점을 잃어가는 세월에
속 빈 삶마저 비우랍니다.

나뭇가지에 새 한 마리
흐르는 내 눈물을 삼키고
내 눈물로 울음을 웁니다.

삶이 보이지 않을 만큼
얇고 가벼워진 빈 삶이
바람을 따라서 걷습니다.

예쁜 남자

이십 오년을 한결같이
가시 없는 마음으로
피어나는 예쁜 남자.

오직 바라보기 꽃도
더러는 바람 따라서
떠나가고 싶을 텐데.

처음 내게로 보여준
향기로운 첫 마음이
곧이곧대로인 남자.

세월이 흘러 흘러도
향기가 진득한 남자
꽃보다 예쁜 남자다.

특별한 여유

다사론 햇살과 함께
봄빛 선율이 흐르는
찻집에 마주 하고서.

아주 특별한 여유를
핑크빛 찻잔에 띄워
동동 떠다니게 한다.

로즈향수 한두 방울
귓불에 살짝 뿌리고
나를 위한 나들이는.

흩날린 독백 꽃잎이
결코 초라하지 않은
향이 되고 싶음이다.

가슴에 남은 잔향이
흔적 없이 사라져도
기쁨이 되고 싶기에.

나의 나를 사랑하는
색다른 이 나들이에
여유의 차를 마신다.

사랑과 이별

사랑할 때는

아이처럼

햇빛 따라 놀듯 환하게 하고.

이별할 때는

어른처럼

달빛 따라 마음 고요히 한다.

숨어 있는 말

보고 싶다는 백번의 말속에
숨어 있는 의미를 알았다면.

그 밤에 빗물이 찬 그 밤에
그대 고이게 하지 않았으리.

행복하다는 내 사랑의 말도
내 가슴 안에 숨어 우는 채.

그대 보고픈 마음 지우려고
이별의 끝에 있지 않았으리.

까칠한 수염에 볼을 비비고
풀어진 셔츠에 호흡 넣어도.

사랑한다는 한 마디 없기에
돌아설 수밖에 없는 나에게.

이대로 떠나면 아플 거라는
만나고 싶어서 아플 거라는.

그 때 그 마음 언제고 오면
미운 그대를 놓치지 않으리.

주름 꽃

요즘 얼굴에 향기 없는 꽃이 핀다.
온갖 봄꽃에 시샘을 부리듯이
자글자글 소리 요란하게 피어난다.

어쩌면 좋아 이 꽃을 어쩌면 좋아
아직은 싫다고 눈물로 발악하여도
벌도 쫓아오지 않는 꽃이 피어난다.

바람아, 바람아, 나는 어쩌면 좋아.

웃으면 웃을수록 피어나는 주름 꽃
향기가 나도록 품고 사랑해버릴까.
아니면 정원사의 가위손을 빌릴까.

불같은 질투

당신의 불같은 질투는
가을의 낙엽을 태우고
나의 심장도 사릅니다.

남자가 한세상 살면서
참사랑에 목숨을 걸고
눈물까지 마르고 닳아.

털끝과 비늘을 태우고
마지막 심장도 깡그리
불사르고 또 사른다면.

당신 앞에 나는 기꺼이
진심을 온전히 다하여
불꽃 열매 맺으렵니다.

간 뺀 수양

사랑이라는 글을 가슴깊이 새겨두고
아리고 쓰리도록 느끼며 살아가보자.
누군가에게 엿보이고 싶지 않은 삶.
때로는 남이 알까 두려운 삶을
쓰레기 더미에 던질 줄 아는 용기가
차라리 마음 편안하고 위로가 되더라.

간혹 무참하고 잔인한 말과 행동들에
내 가슴 소리 없이 난도질을 당하여도
정말로 어렵고 힘이 들기도 하겠지만
분노와 노여움을 맛있는 음식 먹듯이
가볍게 씹어서 삼킬 줄 아는 지혜도
중년이 지니는 멋과 향이 아닌가 싶다.

참다운 행복 알려고 남의 몫을 넘보지 말자.
참다운 행복 알려고 남의 몫에 손대지 말자.
늘 똑같은 언어로 음악을 전하는 네 하루와
늘 똑같은 언어로 옷을 파는 내 하루를
색 다르게 느낄 줄 아는 너와 나의 마음만은
가난하고 초라하지 않은 부자가 아닌가 싶다.

변함없이 오늘의 너와 나이고 내일의 너와 나는
사랑을 따뜻하게 가슴 저 깊숙이 깔아 놓으면
매서운 겨울바람이 불어도 추운 줄을 모르겠지.

친구야, 지금부터 아픔의 해는 모두 다 보내자.
떠오르는 해를 어떻게 하면 오래 볼 수 있는지
그것만 생각하기로 하자 오로지 밝음만 생각하자.

가끔 죽어있는 나는 다시 태어나면
무엇으로 태어나서
어떤 일을 하고 있을까를 생각해본다.
죽어서 죄 받을 내 모습도 무섭고
외로운 길 험하게 떠돌지 않으려면
나로 존재하고 있는 지금,
사랑의 콧노래 실컷 부르면서 살아야한다고
내 자신은 긍정적으로 생각하고 최면을 건다.

누군가 대신해서 살 수 없기에 덤벙대는 나날에서
내 나름대로 틈새의 여유를 즐기기도 하고
누가 조금은 모양 빠지게 잘난 척 하거나 우쭐대면
그러거니 이해하고 넘어가는 것이 행복하다.
기뻐하는 사람을 위해서 박수치는 것이 행복하다.
지옥행이 무서워서 우기지도 못하는 난 겁쟁이다.

친구야, 잠을 자다가 깨어날 때는 무슨 생각을 하니.
왜 내 인생은 이렇게 밖에 살 수 없는 것일까.
왜 내 인생은 거지같고 상처만 남은 것일까.
내 곁에 아무도 없다면 내 능력으로 벌어서
한번 사는 인생 폼 나게 살 수 있는데
많은 생각으로 우울한 밤이 슬프기까지 하지.

아이엠에프로 눈물바다에 빠지는 집 많아지고
보증문제로 가족이 뿔뿔이 흩어진 현실의 고통.
사랑하고 싶어도 할 수 없고
거부하고 싶어도 할 수 없는
버거운 세상 앞에
우리 헛웃음이라도 지어보자.
벌면 뭐해 보다는 벌어서라도 갚을 수 있는 너.
당당한 인생에 간 뺀 수양으로 내일을 즐겨보자.

– 회답 글

놀이터 풍경

형편이 어렵거나 아이가 셋인 경우에는
본전이나 이익을 생각하지 않고
마지막 고른 아이의 옷은 그냥 줍니다.
손님이 왜 주냐고 물어보면
받은 이 자존심 상하지 않게
장기 보험 든다고 웃으면서 말합니다.
옷 파는 돈을 금고에 넣기 전에 쳐다보면서
이것도 다 내 것이 아니다 하고 털어버립니다.

명절 때나 어린이날 크리스마스 때에는
은행에서 빳빳한 천 원짜리 신권을 준비해서
가게 문턱을 넘어오는 아이들에게
정답게 한 장씩 나눠주면서
스마일 인사로 제 볼에 뽀뽀하라고 합니다.
어떤 이는 상술이냐고 대놓고 물어보면
어떻게 그 어려운 걸 눈치 챘냐며 웃습니다.

우리 가게는 길 다방으로 소문났습니다.
손님은 가게 들어서자마자
언니, 커피 줘. 아니면 알아서 타먹습니다.
단골은 고맙게도 내 긴 손톱이 망가질까봐
오히려 내 커피까지 챙겨줍니다.
정신없이 바빠도 내가 직접 커피를 타는 경우는
부부가 같이 왔을 때입니다.
남자손님에게 차 한 잔 권하면서
"아이 엄마가 예쁜 옷을 고를 때까지 기다려주세요."
하고 부탁하면
계산할 때는 아내에게 더 살 것 있으면 사라고
여유 있는 미소를 보입니다.

손님의 의자가 없는 가게는 우리 가게입니다.
매너 좋은 손님에게도 의자를 내주지 않습니다.
몸이 불편한 사람은
여섯 개의 마네킹 사이에 앉으라고 합니다.
편안한 의자가 있으면
앞집에 큰 수저는 어쩌고저쩌고
뒷집에 작은 수저는 이러쿵저러쿵
네 살림 내 살림을 많이 알다보면 정도를 넘어서고
끼리 끼리에서 한 사람만 빠져도 말장난을 합니다.
그럴 때는 농담조로 나를 쥐나 새로 만들지 말고
반상회는 집에서 다과회를 열고 재미있게 하라고 합니다.

손님이 눈에 촉기도 없고 의미 없이 가게에 들어옵니다.
약속이나 버스를 기다리다가 지루한 모양입니다.
가게에 들어와서
두 손가락 끝으로 이 옷 저 옷 펼쳐서 뒤적거립니다.
내 기분은 전혀 상관없다는 듯이
너는 장사니까 이런 것쯤이야 감수하고
이렇게 뒤적거리다
마음에 들면 살수도 있지… 라는 고정관념입니다.
인내력을 시험하는 것도 아니고
장사할 때만큼은 배추 속만도 못하는 속을
있는 대로 갉작갉작 긁어놓아도 내버려둡니다.
십 분 이십 분 점점 불필요한 말로 장난을 치고
자기 스타일로 시간을 끌기 시작합니다.
나는 피노키오의 지미니도 모르는 손님에게
어쩔 수 없이 솔직하게 말을 합니다.
"저는 하루 시작인데 말을 아끼고 싶네요."하면
그때서야 난처하다는 듯이 씩 웃고 줄행랑을 칩니다.

일백만 원 매상 올려주면서
오장을 뜯는 손님은 반갑지 않습니다.
만 원이라도 부드럽고 소중하게 받은 돈이
나에게는 큰돈이고 내 고객입니다.
뭉치 돈은 은행 돈이고 작은 돈은 내 보람 돈입니다.

손님이 선물하려고 옷을 고르면서 푸념합니다.
미운 짓만 골라서 하는데
해줘봤자 아무 쓸데없는데
나는 한 번도 못 받아 봤는데
손님의 푸념이 늘어지면 분위기도 바꿀 겸
커피 한 잔에 마음을 나눠보자고 부탁합니다.
주는 것 없이 미운 사람이 있는가 하면
사랑하고 아끼기 때문에 미워지는 사람이 있는데
아이가 좋아서 환하게 웃는 모습만 생각하고
아이의 옷 나랑 같이 한 번 입혀보자고 합니다.
"귀여운 여아 나이는 기본으로 알고 있을 테고(웃음)
아이의 키는 크나요?
피부색은요~ 목은 길어요. 짧아요~"
느긋하게 천천히 손님의 눈을 바라보면서 말을 하면
손님의 목소리는
어느새 수줍은 소녀처럼 핑크빛이 돕니다.

예쁜 정으로
선물하면 사랑이 그대로 전해진답니다.
받은 이도 너그러운 여유가 있어야 만족하겠지요.
마음의 여유가 없는 이는
생각하고 주는 선물에 고마워하기보다는
괜히 트집을 잡은 것 같아요.
못된 송아지 엉덩이에 뿔나요. 그렇죠.(웃음)
난 복이 하나도 없어,
뭘 해주고 살아도 이 모양 이 꼴이야 하는
그 순간부터 인생은 그리 된 것 같고.
다가오는 복도
마음을 넓게 열어두어야 들어온다고 합니다.
내가 무례하게 잘난 체 좀 했는데
그래도 예쁘면 아이스크림을 사달라고 합니다.
그리고는 내가 손님 마음을 이미 알아버렸는데
손님이 사준 아이스크림이
내 목으로 옳게 넘어갈까요. 하고 말을 하면
손님은 목소리뿐만 아니라
이제는 온 몸이 소녀같이 핑크빛으로 물들어갑니다.

강변의 섧은 꽃

피었다, 피었어. 강변의 섧은 꽃

차가운 달빛에 수억 년 넋 놓아

오시나, 오시나하고 기다리는 님.

꽃 섶에 잔잔히 이슬 별 내리고

미몽의 하루 밤 꿈결로 내리어

달빛 아래 꽃 선이 환히 피었다.

가슴에 박은 못

그대가

내 가슴에 박은 못.

나는야

세월이 빼내주기에

괜찮소만.

그대가

그 가슴에 박은 못은

세월이 등한시할까봐

그것이

슬픔이오.

사랑 괴물딱지

바람이 귀띔해 주네요.
당신은 겉보기와 다른
성깔 사나운 괴물이니
다가오면 멀리 하라고.

바람의 소리가 맞네요.
정말로 괴물딱지네요.
독특한 성격에 놀라서
뒤로 꽈당 넘어졌지요.

나 하나 차지하기위해
군소리가 많은 바람을
감쪽같이 속여 버리는
당신은 사랑 괴물딱지.

모난 돌

하하하 양 쪽 고막이 찢기도록
한없이 허탈한 웃음이 나옵니다.

누구보다도 나를 아는 당신이
간간이 전하는 소식이 끊기면.

아프냐고 걱정해주는 당신이
눈물겹도록 아껴주는 당신이.

"왜 그렇게 모나게 사느냐"고
쐐기를 박을 줄은 몰랐습니다.

내 자신이 비참하기 그지없게
책망을 들을 줄은 몰랐습니다.

길고 짧은 하루의 이야기들을
글로 조심히 내려놓을 뿐인데.

어쩌다가 모난 돌이 되었는지
처음의 나 홀로 침묵합니다.

설움의 파도

가슴 안에서 꺼이꺼이
설움의 파도가 칩니다.

가슴 벽이 무너지게
거세지는 파도 소리는.

목젖을 타고 올라와
부딪쳐 긁혀 놓아도.

끝내 토하지 못하는
슬픔의 파도가 칩니다.

보내고 싶지 않아도
보낼 수밖에 없었던.

내 눈 안에 한 사랑
보이지 않게 떠나가.

책 읽어주던 모습을
세세히 기억해 내어.

가는 길을 뒤따르려고
눈물을 머금고 있습니다.

고마운 나의 스승님,
진심으로 사랑합니다.

던져진 잔돌

하얀 강아지
뽀르르 달려와
살갑게 안긴다.

아이의 장난에
던져진 잔돌이
눈앞을 가리어,

고통의 상처로
몸이 굳어가는
가련한 강아지.

이제는 마지막
안겨진 숨소리
아프게 닿는다.

까만 빗발

내리는 빗발

쉴 새도 없이

하늘을 가리더니.

이윽고 낮이

환한 대낮이

밤처럼 어둡습니다.

까만 빗발에

낮이 잦혀져

마치 굴속 같더니.

까만 울음은

빛을 삼키고

내 발걸음도 삼키는

하이에나 같습니다.

중후한 마력

봄눈이 내리는 삼월에
인생의 색다른 의미로
한 사람이 다가왔습니다.

유머가 섞인 목소리는
편안한 분위기를 자아내
내 혼을 빼가고 있습니다.

눈송이처럼 혼을 빼가고도
가벼이 휘두르지 않고
아껴주고 있는 마력은.

봄눈이 또다시 내려도
인생의 똑같은 의미로
여전히 곁에 남아있을 겁니다.

밤비와 새벽 건반

그리움이 물들여진 밤비는
고풍스러운 클래식 무드로
새벽 건반에 독주를 합니다.

깊어져가는 밤으로, 밤으로
연인의 입술을 축여가듯이
부드럽고 달콤히 흘러내려.

초록 잎사귀 마디마디 마다
은은한 사랑을 고백하듯이
호흡을 불어넣은 밤비소리.

외로운 날에 이 비 소리에
나의 새벽도 잠 못 이루고
갈망한 연정을 탐닉합니다.

허한 뱃속

살아 있되 살아 있지 않은 몸입니다.

숨은 쉬되 죽어 가고 있는 몸입니다.

살가죽을 손톱으로 세게 꼬집어보면

아직은 삶을 빨갛게 느끼고 있습니다.

하루를 맛있게 꼭꼭 씹어 삼켜보아도

여전히 허한 뱃속은 채워지지 않습니다.

높고도 푸른 하늘빛을 마음으로 담아

가슴 안에서 크게 물결치게 하여도.

한철 꽃잎이 비바람에 힘없이 시들듯이

허한 뱃속은 쓸모가 없는 허깨비입니다.

도청 걸음

깨금발 하고 세상 밟는 데

발소리 듣는 이 누구던가.

몰래몰래 숨은 도청 걸음

왕발로 괭이 군림 하련가.

당신은 내게 물었지요

당신은 내게 물었지요.
언제부터 어느 순간에
당신이 내 취향이냐고.

당신은 묻고 물었지요.
노래 가사의 주인공이
지금 우리 모습이냐고.

그러면 정말 그렇다면
아프지 않게 해달라고
더는 외면하지 말라고.

당신은 그거 아시나요.

보잘것없는 시 한 편에
달려옴이 사랑이란 걸.

하늘 가림이 행복해서
여심은 침묵이라는 걸.

온몸을 바싹 끌어당겨
그 숨결 끊지 않은 한
당신은 내 사랑입니다.

그리도 밉습니까?

심장을 훤하게 꿰뚫고
달콤한 향료 뿌리더니.

향기가 묻어나지 않아
밉다고 미워 죽겠다고.

어제와 다른 모습으로
툭툭 쏘아붙이는 당신.

보고 싶다는 가고 없고
밉다만 남겨 두는 당신.

내가 그리도 밉습니까?
정말 그렇게 밉습니까?

미워서 죽을 만큼이나
정말 그렇게 밉습니까?

괜스레…

괜스레 허전한 슬픔이
서운한 감정이 흐른다.

첫정인 선물을 받고도
깊게 침묵하는 표정에.

가슴 안에 쌓아놓았던
사랑 둑이 터져버린다.

성심껏 넥타이 고르며
기뻐하리라, 믿었는데.

첫정인 선물을 받고도
깊게 침묵하는 표정에.

주체 할 수 없는 맘의
눈물 둑이 터져버린다.

마음에 들었으면 하고
그저 바라는 맘뿐이다.

꿈이었나봐요

사랑한다고, 나뿐이라고

목마 태우고 기쁨 주더니.

한낱 꿈, 꿈이었나봐요.

사랑하기에 보내준다고

가슴속에서 이별하더니.

허허, 장송가를 부르네요.

미안하외다

그대를 쏟아지는 빗속에
그리 보내서 미안하외다.

이별 안고 가는 모습에
낸들 어이 슬픔 없겠소.

못다 맺은 인연의 열매.

글로 맺겠다는 내 약속
잊지 않고 지켜가겠소.

그대 손으로 피워낸 꽃

천만년이 흐른다하여도
난 그 가슴에 안겨있겠소.

참다 참다 못 참으면…

당신 보고파하는 마음이
참다 참다 못 참을 때는
바보같이 망설이지 않고
전화한다고 약속하고는
또다시 참고 견딘답니다.

얼음처럼 차가운 마음을
밤새워 사랑으로 녹이고
비바람에 쓰러지지 않는
예쁜 꽃으로 피어나라고
따뜻하게 안아주는 당신.

목소리라도 듣고 싶어도
진실한 마음으로 허락한
그 날 밤의 참된 사랑을
소중하게 가꾸기 위하여
또다시 참고 견딘답니다.

가만가만히 살고 싶소

이대로 가만가만히 살고 싶소.
얼마 동안이라도 그러고 싶소.

이제껏 사랑해온 모든 이들을
잠시 마음 안에서 떠나보내고.

전깃줄에 참새들이 모여앉아
여름노래 속달대는 소리 따라.

가랑잎에 내려놓은 내 마음이
바람에 산드러지게 살고 싶소.

물방울의 태동

허공의 떠다니는 물방울을 잡으란다.

방울방울 살아서 움직이는 물방울을

마음으로 보고 마음속으로 당기란다.

미치게 돌아가는 술래잡기 놀이에서

수면제를 먹으면서 벗어나려 하지만

물방울은 잠의 나락에서도 떠다닌다.

거부할수록 더욱더 강해지는 세계에

부딪치면 멍들고 넘어지면 피 흘리고

산자의 고통을 호소하며 받아들인다.

바람소리처럼 들리는 소리에 응한다.

온몸이 만신창이 되어 맥이 풀릴 쯤

스미는 물방울은 자유로이 함께한다.

묘한 세계

하얀 백지를 가만히 보고 있으면
이제까지 한 번도 경험하지 못한
묘한 세계가 물과 불로 펼쳐진다.

처음에는 언뜻 보이다 휙 사라져
간담이 서늘한 이 괴이한 현상에
뭘까 뭘까를 계속 되뇌곤 했는데.

간절한 욕망을 내 스스로 내치고
왜 란 말에 이유까지 내치고나니
묘한 세계는 연필을 춤추게 한다.

눈뜨는 까막눈

눈뜨는 까막눈
흰빛의 백지와
달밤이 새도록
사랑을 나눈다.

꼼지락 꼼지락
장난을 좋아한
마음의 더듬이
감정을 되찾아,

사물의 느낌과
감각의 느낌과
날밤이 새도록
사랑을 나눈다.

혀 놀림을 우선멈춤

당신의 어설픈 재간으로
나를 가늠하지는 마세요.

평생을 친근하게 지내도
사람 속은 모른다했거늘.

이제 두 번 만나는 내게
서슴없이 망언하는 당신.

선무당이 사람을 잡았고
서당 개 삼년에 풍월 읊어.

뜨거운 물을 입안에 넣고
혀 놀림을 우선멈춤 합니다.

눈물이 돌만큼 뜨거운 물
가만히 머금고 있는 채로.

어쩌지 못하는 쓴 인연에
우선 멈추고 방향을 봅니다.

오랏줄

하늘 꽃이라 부르는 당신을 만나

아리따운 자연의 동산에 집 짓고.

녹색의 푸름으로 짙게 물들여진

산 나무 잔잎을 가득가득 따다가.

풋 향 모락모락 굴뚝에 피워내니

숲속의 산새도 날아와 동반합니다.

5분만 내 여자 되어줘

5분의 의미를 몰라

50분은 답답하였고

50시간은 우울했습니다.

500시간 흐른 지금.

50시간은 행복하고

50분은 즐거워하고

5분은 말하게 합니다.

"당신, 5분만 내 남자 되어줘"

무너진 도도함

야성의 호랑이

도도한 기세로

숲속을 누비다

눈꺼풀 내린다.

암컷의 독특한

냄새에 끌리어

교미를 하려고

코끝을 내린다.

아니 보렵니다

보고 싶으니까

보자고 하여도

아니 보렵니다.

보고 싶으니까

오라고 하여도

아니 가렵니다.

꽃을 한아름 안겨 준다는 당신이

이름을 부르고 기다린다하여도

난 당신의 꽃을 받지 않으렵니다.

당신이 저 멀리 서 있는 동안

외돌토리 마음이 아파야 할 몫은

만남보다 더 견디기 힘이 듭니다.

보고 싶었다는

귀엣말 소리도

한아름의 꽃도.

화장실 안에서

울도록 만드는

초라함입니다.

멋대로 사랑

멋대로 꿈꾸는 사랑에

겁 없이 와락 달려들어

고스란히 나를 보입니다.

단비가 내리면 그 비에

맨살의 벌거숭이 되어

묻혀 들고 싶다는 그이.

고대하는 단비 내려와

뼛속 깊이 스며들고파

맹랑하게 나를 보입니다.

글의 모태

여린 여자의 이슬처럼
싱그럽고 신성한 비가
조심스레 새봄을 연다.

돌돌 말려진 푸석 잎에
은빛 방울 대롱거림이
소름 돋도록 투명하다.

덜덜덜 떨리는 손끝에
그 언제인가 잃어버린
나만의 언어가 닿는다.

속삭인다, 푸석 잎에게
바람이 휘익 불기 전에
얼른 빗방울을 먹으라고.

생기 있는 미소 지으며
나는
단비의 노래를 부르련다.

헤어지기 5분 전

헤어지기 5분 전

강렬한 그 눈빛과

현란한 그 몸짓이

너무나 황홀해서

죽도록 행복해서

나는 그만

마음을 닫았습니다.

"사랑해" 소리하면

무색나비가 되어

하늘로 날아갈까봐

끝내

내 마음을 닫았습니다.

달콤한 관심

그대여 얄미운 그대여
그대가 얄궂게 다가와
관심의 빛을 내리쬐면.

그 빛을 새콤하게 받아
쪼~옥 소리가 나도록
달콤한 키스를 할래요.

그리우면 그리운 만큼
무작정 흔들리는 마음
상사병을 앓고 있어요.

아니길 바라지만 혹여
슬픔의 비가 내려와도
기쁘게 젖어들겠어요.

아파본 그 사랑이기에
고통도 즐기는 바보로
사랑에 풍덩 빠질래요.

얄미운 사람아

얄미운 사람아

오시는 그 마음

사랑 씨앗 없이.

홀가분히 그냥

오시지 그랬소.

돌 바위 가슴에

싹이 트인 연정.

낮이야 밤이야

사랑 꽃 핀다오.

춘분 술

친구야, 술 한 잔 하세.
낮과 밤이 똑같은 날에
우리 마음 나누어 보세.

꼬깃꼬깃한 기분이라면
케케묵은 감정 있다면
우리 실컷 나누어 보세.

채워가는 한 잔의 술에
거품 같은 오해는 풀고
봄날 같은 우정 나누세.

나의 꿈

10대에는 아이들이 좋아서
공짜로 먹여주고 놀아주는
유치원 원장이 되고 싶었고.

20대에는 다양한 문화가
한 건물 안에서 펼쳐지는
호텔을 경영하고 싶었다.

30대에는 세계를 여행하고
원활한 카지노 경영이다
반듯한 자세와 품위가 있는
게임의 매너도 알고 싶었다.

40대가 된 지금의 나의 꿈은
꿈을 키워온 소중한 느낌들이
사라지지 않도록 지키고 싶다.

붉은 바람

위험한 사랑인줄
번연히 알면서도.

정해진 이별인줄
서로가 알면서도.

가슴으로 와 닿는
느낌에 호흡합니다.

다시는 오지 않을
인연의 연인으로.

붉은 바람에 감겨
순순히 사랑합니다.

자축 분위기

.

내 자신을 축하하기 위하여
사랑의 상에 음식을 차린다.

햇살로 지은 나물과 잡곡밥
바람으로 빚은 맛깔난 고기.

보기만 하여도 감동이 앞서
꽃 수저 들은 손이 떨려온다.

흥분되는 마음을 가라앉히고
지금까지의 나를 돌아다본다.

왜 글로만 마음을 풀어내야
하루가 순탄한지 모르는 나.

십오 년에 천여 편의 글하고
열애를 하다 보니 알 것 같다.

이제는 어렴풋이 알 것 같은
글의 쾌감에 얼쑤~!를 외친다.

종이와 연필

비 오는 토요일 밤에
세상에 단 하나 뿐인
종이와 연필이 만났다.

빗물에 젖어들지 않고
바람에 흔들리지 않는
종이와 연필이 만났다.

연필이 그림을 그린다.
세련된 감각을 드러내
종이에 마술을 부린다.

종이에 연필심이 닿아
무지개 꽃송이 피어나
행복의 꽃가루 날린다.

글로 새기는 아픔

구질구질한 인생사
잡동사니 같은 인생사.

이대로는
포기 할 수 없어서.

더 이상은
단념할 수 없어서.

숯덩이 같은
고민을 머리에 이고.

돌덩이 같은
미련함을 등에 집니다.

가다가… 가다가…
고꾸라진 모양새를.

거만하게 서 있는
세상이 가로막으면.

세상 가랑이 사이로
숨죽인 채 기어갑니다.

그리고 환하게 트여있는
저 하늘을 바라봅니다.

가슴에 흐느끼는 눈물도
잠시는 잦아듭니다.

딱히 섧을 때면
글로 나를 새깁니다.

한숨을 억누르기보다는
가라앉히기 때문입니다.

묘한 습관

잊혀질만하면 잊을만하면

어쩌다… 어쩌다 한 번씩

내 가슴을 동당거리는 당신입니다.

잘, 지내고 있지? 하고 묻는 안부에

내 마음은 또다시

당신에게 묶어져

옴짝달싹 할 수가 없습니다.

밤새 당신을 부르는 내 외로움은

숨이 막힐 듯이 뜨겁게 조여와

포도방울만한 눈물로 아침을 터트립니다.

지독히 이기적이고 나쁜 당신인데

내 가슴은 또

포도방울만한 눈물로 기다리려고 합니다.

노을

하늘가에 노을빛이
장미꽃 만발하듯이
아름다이 물들어서.

멋있는 그 누군가
내 곁에 다가오면
사랑할 것만 같다.

내일에 나 없도록
붉은 꽃잎 지도록
활활 탈 것만 같다.

나, 이런 사람이야

오일장에 나오는 약장수 아저씨 말처럼
날이면 날마다 나오는 약이 아니라
어쩌다 한 번씩 나오는 사람이 있습니다.

수분을 잃은 건조한 얼굴에
하얀 밀가루 분칠이
논바닥 갈라지듯이 쩍쩍 갈라졌는데도
보는 사람 신경 쓰지 않고 말을 잘도 합니다.

큰북을 둥둥 울리면서 시선을 집중시키고
자, 여기 봐. 나, 이런 사람이야~!!
팔도에서 남의 흉 잘 보기로 소문난 밉상이고
둘째가라면 서러운 사람이야~!

거 앞에 깨순이 아줌마 장에 뭐 사러 왔어?
어~허 서방이 비실거려서 닭 사러 왔다고!
그 옆에 대머리 아저씨는 뭐 사러 왔을까?
어~형 별 다방 미스 김 스카프 사러 왔다고!

요즘 말이여~!! 나는
사회악인 자에게 철학을 백 원에 팔러 다녀~
아까 내가 깨순이 아줌마 대머리 아저씨에게
본인이 꺼려하는 단점을 일방적으로 말하고
답할 기회도 주지 않고 주둥이를 나불거렸지.

이거여! 나, 이런 사람이야. 근게 알아서들 비켜!
나 같은 망종 싸가지가 주위에 친구로 있으면
싸게 싸게 갈아치워야 오장육부가 뒤집어지지 않아
요즘에는 별것도 아닌 나 같은 것들이
가만히 있는 사람을 건들어서 화병 생기게 한다니까!!

그러니까 건강하게 살라면 아니꼬운 인간은 멀리하고
싱거운 한마디를 하더라도 주거니 받거니 하면서
서로 무시당하는 느낌이 없이
위로가 되어주는 지기와 함께 지내는 것이
최고로 건강한 삶이여~~!!하고 큰북을 둥둥 울립니다.

구경꾼들은 통쾌하게 박수를 치면서
중절모에 백 원짜리 몇 개씩을 거뜬히 넣습니다.

싸가지 아저씨는 잠시 북을 내려놓고
중절모에 모아진 돈을 하나 둘 서이 너이 다섯… 세면서
깨순이 아줌마와 대머리 아저씨에게 다가가서는
씨~익 웃으면서 버스비 하라고 줍니다.

구경꾼들은 즐거워서 국회로 보내자고 박수치고
나는 논바닥처럼 쩍쩍 갈라져있는 얼굴보다
중저음의 유창한 말솜씨와 매끈한 마음씨에 반해서
신선한 나무를 바라보듯이 한참을 보고 있었습니다.

게으른 내 모양새

여보시게, 멋쟁이 시인 친구.
게으른 내 모양새를 보고
딱 꼬집어서 나무라지 마시게나.

내 지금까지도 모자람이 많아서
글벗들과 한마당에 어울리며
시 가락을 읊어내지 못한다네.

겉으로 보기에는 멀쩡해보여도
내 안에는 독가시가 가득하여
요 글과 음악으로 치료중이라네.

건강한 정신에 올바른 욕심이
듬뿍듬뿍 채워지는 그 날까지
이대로 게으름 부리며 가려네.

지금의 고독

무엇이 그리 서운했나요.
대체 무엇이 서운했나요.

한 공간에서 네 시간째
나를 외면하고 있습니다.

무엇을 그리 잘못했나요.
대체 무엇을 잘못했나요.

내가 당신에게 다가가서
미소라도 띄워야하는데
모른 체해서 그러시나요.

그래서
이토록 외롭고 피 마르게
꼴도 보기 싫다는 듯이
지금의 나를 외면하시나요.

달밤에 깃들여진 밀어가
잊고 싶을 만큼
아니,
잊어버릴 만큼 쓸쓸합니다.

환상

나는 살기 위해, 살아남기 위해
서슬 퍼렇게 생죽음을 자극하는
환영(幻影)과 환청(幻聽)속에서
붉은 해를 눈동자에 집어넣습니다.

눈 안에 해가 뜨겁게 이글대다가
용과 뱀의 형상으로 탈을 쓰고
곤두박질치는 심장을 꺼낼 듯이
눈 안을 헤집고 핏줄 돋게 합니다.

눈을 감고 내 안에 해를 가둡니다.
곤두박질치는 심장이 가부좌하고
해를 서서히 아래까지 끌어당깁니다.
해가 탈을 벗고 심장과 융합을 합니다.

거짓이 난무하는 환상의 움직임도
진실 앞에 치켜든 꼬리를 내리고
본래의 원으로 넉넉히 빛을 냅니다.
내 심장의 등불로 밝은 빛을 냅니다.

여윈 모습

행복하고 또 행복하자고
우리 눈에 보이는 것 없이
만남에 행복하자는 당신이.

나 때문에, 나 하나 때문에
먹고 잘 수도 없으리만큼
힘들어 할 줄은 몰랐습니다.

당신의 여윈 얼굴이
화려하게 비추는 조명처럼
밝게 빛났으면 좋겠습니다.

당신의 여윈 음성이
달콤하게 흐르는 음악처럼
윤기가 흐르면 좋겠습니다.

다 가질 수 없는 사랑 앞에
미리 마음 아파하는 것보다
지금의 우리도 난 좋습니다.

당신은 멋쟁이

보고 싶다, 사랑한다는 말을
내게서 들어보지 못했음에도
전화를 하면 주저 없이 바로
"나, 갈까? 지금 갈까?" 하고
말하는 당신은 멋쟁이입니다.

얼굴에 뾰루지가 생겨 미운데도
매력 있어 보이고 예쁘다면서
따스한 손으로 얼굴을 감싸주고
나를 부끄럽지 않도록 해주는 당신은
정말로 진짜로 최고로 멋쟁이입니다.

자동차 문을 열어줄 줄도 모르고
내 생일을 기억하지 못하여도
당신이 멋스럽게 느껴지는 것은
꽈배기처럼 꼬여가는 내 마음을
편안한 배려로 풀어주기 때문입니다.

어여쁜 목소리

때와 장소에 어울리게
음향조절을 할 줄 아는
당신의 어여쁜 목소리는.

요란하지 않으면서도
자연스럽게 피어나는
꽃향기 같이 신비합니다.

내 모습만 바라다보며
속삭여 주지 않는데도
나는
그 목소리에 빠져듭니다.

꽃잎을 따듯이

그대여
진정 내가
그대의 가슴에
향기롭게 피어있다면.

꽃잎을 따듯이
내 순수의 꽃잎도
아끼며 사랑하여
그대의 손을 내밀어주세요.

그대여
진정 내가
그대의 가슴에
잊지 못할 그리움이라면.

꽃잎을 따듯이
내 영혼의 꽃잎도
소중히 사랑하여
그대의 손을 내밀어주세요.

SEX

높은음이
안단테, 안단테
바람을 모아
옥 비단 물결이 일렁입니다.

낮은음이
아다지오, 아다지오.
옥 비단 물결에
누드 풍경을 그립니다.

높고 낮은 음은
연이어
역동의 음계로 휘몰이를 합니다.

끝없이 끝이 없이 울려 퍼지는
전율의
오르가즘으로 휘몰이를 합니다.

강가에서 노닐다 보면

나는 모릅니다. 살아가는 내 모습이
얼마나 예쁘고 얼마나 초라한지를.

내가 아는 것은 단 한가지입니다.
내가 배운 것도 단 한가지뿐입니다.

천사의 하얀 날개가 침묵의 기도로
순간마다
호흡을 주고 강가에서 노닐게 합니다.

흐르는 강물에는 먼 하늘이 가까이에 있고
사랑은 새가 되어 멀리멀리 날아다니고.

이해할 수 없는 지독한 미움도
달래야지 하면은 달래 꽃으로 피어납니다.

그렇습니다.
나만이 즐길 수 있는 맑은 터입니다.

하루해가 저물도록 강가에서 노닐다보면
내가 원하고 생각하는 만큼 그림이 그려지는.

지금의 내 세계에 있을 뿐
아무것도 그 아무것도 보이지 않습니다.

강가에서 노닐다 몸이 고단하다고 하여
누울 자리 찾아 발 뻗으려고 하지 않고.

초라하게 야윈 모습도 점점 잊히고 있습니다.
이리 노닐다보면 풍요로움에 한껏 취합니다.

당신의 웃음 심장으로 태어나렵니다

당신은 타고나기를 웃음소리가 미숙하기에
내 소원하기를
내가 다시 태어나면
당신의 웃음 심장으로 태어나겠습니다.

우리는 같이 있으면서
무엇을 나누거나 바라보는 곳에
요란스러운 수식어를 꾸미지 않아도
서로의 마음을 이해할 수 있어 좋습니다.

당신이 처음부터 지니고 있는
차분하고 검소한 정서와 습관을
아침 햇살을 받아들이듯이
나는 자연스러운 빛이라 여기고
받아들인지 오래입니다.

가끔은
어떠한 일은 이해할 수 없으리만큼
따르기 버거운 문제가 주어지면
왜 이러나 싶다가도
아무 일이 아닌 듯 가만히 있습니다.

일기예보 같은
당신의 얼굴을 보고 있으면
나도 모르게
어느 사이 익숙해져 편안해집니다.

하늘은 그렇잖아요.
맑았다 흐리기도 하고 비가 오다 눈이 내리고
심심하다 싶으면
천둥과 번개 또는 벼락을 치기도 하잖아요.

땅은 그럴 때마다 투정하나 없이 순응하지요.
하늘을 보고
버럭 삿대질을 하면서
"야! 너 왜 그래"하고 성내지 않잖아요.
땅도 하늘에게
순응하듯이 나 또한 당신 모습에 순응하지요.

당신에게 이상기온이 찾아오면
그에 어울리는 웃음으로
주어도 주어도 모자라는
내 애교를 깜찍하게 부리면 행복합니다.

순둥이처럼 착한 당신하고
인생을 나누고 바라보기를 하나로 하는 우리에게
어쩌다
심술 사나운 바람이 질투하고 흔들려고 할 때는
그저 바람은 바람일 뿐
바람으로 스치라고 무던하게 여깁니다.

나는 다시 태어나면
당신의 웃음 심장으로 태어나
못다한 웃음 사랑을 먼저 주고 싶습니다.
당신은 남자이기에
조용한 웃음보다는 호탕한 웃음이 어울립니다.

나는 당신의 웃음 심장이기에
얼굴보다 마음이 먼저 느끼도록 하겠습니다.
그리고
당신이 경험하지 못한 심장의 울림으로
배가 들썩들썩하게 웃을 수 있도록 하겠습니다.

마치 산모가 태동을 느낄 때
다양한 모습으로 행복을 표현하는 것처럼
당신의 심장이 즐겁게 박동하기에
당신의 온몸이 호탕하게 웃도록 하겠습니다.

작은 새

작은 새 한 마리
나무 꼭대기에서
제왕처럼 앉아서
목청을 높입니다.

카랑한 목소리
추위에 얼까봐
항상 걱정되는데
오늘도 굳셉니다.

전라도 함평장에
생선을 파는
젊은 아줌마처럼
여전히 굳셉니다.

인생 길

가로등불 없는
비좁은 골목길.

움푹움푹 패여
다리 접질린다.

멍들은 다리에
조심 약 바르니.

마음은 달하고
이야기 하여도.

두발은 유유히
대문에 닿는다.

한밤에 부는 바람

한밤에 부는 바람이
사르르 휘파람 불며
꿈의 소리를 일군다.

잔설 사이 버들가지가
살포시 고개를 내밀고
바람 따라서 일렁인다.

살랑살랑, 낭창낭창
바람 속의 버들가지는
푸른 잎사귀 피워낸다.

시간에 나를 맡기련다

한도 끝도 없는 꿈길
생떼 쓰고 억지 부려
달려옴이 허망도 하다.

달콤한 잠 한숨 자고
홀가분히 일어나보면
어느새 틀어진 삶이다.

알량한 자존심도 지쳐
꿈조차 흐지부지 되니
시간에 나를 맡기련다.

심장 태엽

빛이 드는 곳에 걸어놓은 심장을
부리가 날카로운 독수리 떼가
갈기갈기 찢고 마구 쪼아댑니다.

박동한 심장은 태엽이 풀리고
소리 없이 가물가물한 시간은
서서히 분해되고 점차 멈춥니다.

남은 것 없이 폐허되는 가슴에
착한 바람이 동그란 원을 그리며
멈춰진 심장의 태엽을 감습니다.

그리고 생명의 노래를 부릅니다.
태어나는 미소는 빛에 걸어두어도
심장은 가슴에 숨겨두라고 합니다.

구름타고 날을 걸

그대 품에 안겨서
구름타고 날을 걸.

짓궂고 앙칼스럽게
그대 마음 보내고.

푸른 새벽길에
나홀로 거닌다.

좋으면 좋은 대로
못 이긴 척 따라서.

그대 품에 안겨서
구름타고 날을 걸.

후회로 가슴 아프게
그대 마음을 보냈다.

골방 지혜

후미진 골방에
고통에서 깨어난 육신이
감정과 의식을 행합니다.

정겹고 소박한 울림은
어머니의 품안처럼
따뜻하고 애잔하게.

백치의 진솔한 울림은
연인의 마음처럼
잔잔한 기쁨을 줍니다.

방바닥에 햇살 한 조각
가슴 시리도록 고와
속살까지 스윽 녹아듭니다.

지혜가 부족한 마음이
골방에서 뒹굴다보니
뒤늦게 미소 짓습니다.

창밖을 보며 미소 짓습니다.

꽃으로 전하는 사랑

하얗게 눈이 내리는데

오랜 친구 멋진 의상실 친구 현진씨가

크나큰 꽃다발을 들고 가게에 왔습니다.

"세월은 변하는데 나이를 거꾸로 먹나봐.

정이씨, 오늘도 여전히 예쁘다" 말하고,

꽃다발을 줍니다. 탐스러운 국화꽃입니다.

나는

친구가 항상 하는 말을 내가 먼저 합니다.

"노인당 친구로 만나자고

행복한 향기를 안겨주네."라고.

노인당 친구는 녹차 한 잔 마시고

하얀 눈 속에 총총히 사라지는데

친구의 꽃은 내게 예쁘게 속삭입니다.

친구의 가슴 속에 남겨두는 한 마디

정말 아껴두는 말을 꽃이 전합니다.

나는 국화 향을 한참동안 미소로 맡으며

"현진씨,

싸랑해~

나도 많이, 많이 싸랑행" 하고 혼잣말을 합니다.

난 바보 멍청이

내 두 눈이 까무러치도록
너무나도 보고 싶은 당신을
내 마음대로 볼 수 없기에.

오늘 하루는 당신이 되어서
당신을 느껴보려고 합니다.

당신이 좋아하는 음악을 듣고
당신처럼 의자에 앉아봅니다.

당신의 가늘고 긴 손가락이
따뜻한 커피 잔을 들고 있다가.

살며시 내게로 손을 내밀고
포개어줄 때까지 기다리는 당신.

오늘은 나 혼자서 손을 내밀고
가만히 내 손을 포개어봅니다.

한참동안 아무런 움직임이 없이
그저 포개어진 두 손만 바라보는.

당신의 그 표정이 무얼 말하였는지
나는 이제야 조금은 알 것 같습니다.

헤어지기 싫은 그 마음도 몰라주고
얄밉게 심술만 부린 난 바보 멍청이.

오늘 하루는 반성하는 마음으로
나를 잊고
오로지 당신이 되어서 숨을 쉬렵니다.

공기의 입맞춤

나는 어릴 때부터 궁금했습니다.
손등에 입맞춤을 받으면 어떤 느낌일까.
간지러울까. 촉촉할까. 짜릿할까.
아니면 순수한 느낌에 기분이 좋을까.

외국 영화를 보면
품위 있는 남자가
붉은 카펫이 깔려 있는 바닥에서
정중하게 무릎 꿇고 손을 내밀면.

아리따운 금발의 미녀는
잠자리 날개처럼
가볍고 살포시
하얀 손을 남자의 손 위에 얹습니다.

그 순간
남자는 여자의 손등에
살짝 입맞춤을 합니다.

나를 사로잡은 붉은 꽃송이의 장면은
미래의 희망사항이 되어가고
나도 주인공처럼 되기를 소원합니다.

그런데 손등에 입맞춤을 받은 내 첫 경험은
보이지 않는 투명인간이
가시의 크리스털을 던지는 것처럼
대형 유리창에 금이 가고 조각이 납니다.

부끄럽고 민망하고 어설피 피어난 꽃송이는
파란 나라의 유리창부터 핑크빛으로 물든 내 창문까지
도미노처럼 산산이 부서지고 시들어버립니다.

시간이 흐른 지금은
가만히 있어도
파릇한 행복이 느껴집니다.

아침에 창문을 열면
뽀샤시한 새소리처럼
잡티 하나 없이 투명한 햇살과 공기는
환한 미소로 나를 휘감고 반겨 줍니다.

나는 더할 나위 없이
상냥하게 웃어 주는 공기에게
두 눈을 지그시 감고
음 좋다면서 살짝 입맞춤을 합니다.

마음 깊은 곳까지 정화시켜 주는 공기에는
내가 절절히 원하고 있는
좋은 사람의 냄새가 풍요롭게 들어 있습니다.

사계절마다 색다른 느낌이 배어 나오는
상큼하고 고풍스러운 공기의 매력에
미끄러지듯이 자연스럽게 빠지다 보면.

내 눈은 봄비에 피어나는 홍매화가 되고
내 코는 녹음이 짙어가는 사랑의 향기가 되고
내 입술은 가을 단풍으로 붉게 물들어 갑니다.

그리고 내 귀는
선율이 고운 흰 눈이 자연의 음악으로
세포 하나하나까지 천국을 느끼게 합니다.

이처럼 가시의 부스러기 없는 공기는
순간마다 이유 없이
내 심장으로부터 행복한 노래로 들뜨게 합니다.

나는 나도 모르게 맑고 투명한 공기가 좋아서
두 눈에 눈물이 흐르고
오늘도 감동한 사랑에 달콤한 입맞춤을 합니다.

마음의 숲

진정 그대가 신선한 사랑을 원한다면
먼저 그대의 마음속을 들여다보세요.

새벽의 숲속에 맑은 공기처럼
그대의 마음 숲이 산뜻한가를 보세요.

그대 마음 숲이 오염되지 않았다면
그대에게 사랑은 가까이 다가옵니다.

청아한 새소리 다정스럽게 들리고
꽃은 아름답게 피어나 열매를 맺습니다.

진정 그대가 사랑을 받고 싶다면
마음의 숲부터 향기롭게 가꾸어보세요.

더 사랑하게 하소서

사랑... 한다고
사랑하고 있다고
차마 소리 내어
말은 못하여도.

거짓 하나 없이
진실한 마음으로
내 영혼의 기쁨으로
더 사랑하게 하소서.

가슴에 품어진 사랑
창가에 비친 달님도
눈치 채지 못하도록
혈관에 흐르는 사랑.

내 영혼의 공간에서
그의 충분한 사랑이
오래 머물러 있도록
더 사랑하게 하소서.

첫눈이 내리면

첫눈이 내리면
내 열손가락에
분홍의 봉숭아
꽃물을 들이고.

마치 별천지에
여행을 가듯이
둘만이 약속한
그곳에 가리라.

첫눈에 꽃물로
사랑의 고백을
기다린 그 사람
그 곁에 가리라.

보고 싶다… 사랑해…

당신의 보고 싶음은
자존심을 다 버리고
사랑을 고백하는데.

못난 내 보고 싶음은
숙맥같이
가만히 있습니다.

당신의 보고 싶음은
한걸음에 달려와서
나를 안아주는데.

못난 내 보고 싶음은
앉은뱅이같이
멍하니 주저앉습니다.

왜 그러는지 모르지요.
당신을 진심으로
존경하기 때문입니다.

당신과 함께하는 일에
눈이 먼 내 사랑으로
행여
누가 될까봐 그럽니다.

나 혼자서 조용히 가슴을 움켜쥐고
보고 싶었다,
정말 보고 싶었다… 사랑해… 라고
앞에서 못다한 말을 연이어봅니다.

글 사랑

한 가슴에

너를 안아.

사랑함이

고뇌이다.

희로애락

벗어내려.

알몸으로

애무하는.

몸부림이

고뇌이다.

꽃송이

갈색 빗줄기에
아픔을 견디며
피어난 꽃송이.

향기는 말없이
수수한 빛으로
은은히 퍼지니.

재 넘어 된바람
고요에 반하여
자연히 머문다.

변명할 수 없는 사랑

당신의 격렬한 몸짓이
어두운 새벽을 삼키고
창밖에 비도 삼킵니다.

당신의 황홀한 호흡이
흐르는 음악을 삼키고
이내 마음도 삼킵니다.

당신의 원칙이 무너지고
나만의 원칙이 무너져서
처음으로 확인하는 사랑.

당신의 사랑 속에 진실이
나로 하여금 변명이 없게
온 몸을 뜨겁게 달굽니다.

사랑하는 이여

사랑하는 이여 사랑하는 이여.
그대 알아감이 행복하나이다.

기쁨의 감정은 순간에 사라져
우울한 마음은 죽음이었는데.

아프지 말라고 위로하는 그대.
슬픔은 잊으라, 안아주는 그대.

그대 있으므로 나는 웃나이다.
그대 있으므로 살아가나이다.

사랑하는 이여 사랑하는 이여.
그대 사랑함이 내 삶이나이다.

마음을 느끼기

고귀하고 아름다운 참사랑도
우리들의 깊디깊은 가슴속에
소중하게 지내기는 힘드나봐.

해 비치면 꽃이 되어 피려하고
바람 불면 나비되어 날려하니
언제쯤 서로의 마음을 느끼려나.

나는
시간이 흘러도 느끼려 기다림이다.

아쉽게 피어나서 놓치면 어떡하나
나는 그의 곁에서
말없이 묵묵히. 묵묵히 기다림이다.

질주하는 보고픔

장난꾸러기가 보고 싶을 때마다
천만 개의 푸른 별빛을
텅 빈 내 가슴에 채우려고
하나 둘씩 담고 또 담습니다.

별빛으로 가득한 내 마음은
더는 주체 할 수가 없어서
쏟아지는 밤비가 시야를 가려도
말을 타고 달리듯이 나아갑니다.

겁 없이 질주하는 내 보고픔에
밤을 새하얗게 피워내는
장난꾸러기의 미소를 그리며
말을 타고 거침없이 나아갑니다.

말도 안 되는 일들이 진정한 사랑이라고
장난꾸러기가 말해주는 것처럼
말도 안 되는 일을 말이 되게 표현하려고
나는 진정한 사랑을 위하여 질주합니다.

거부한 이유

단지,

보고 싶다는

이유 하나로.

마음이 먼저

빗길을 달려

마주한 당신.

한번만

단 한번만이라도

안아달란 당신을.

무참히 외면하고

수치감을 느끼게

돌아 선 내 마음.

왜, 그랬는지

그래야만 했는지

당신은 모릅니다.

순수한 보고픔이

서로를 동여매고

하나인 순간까지.

유일한 사랑으로

영혼을 끌어안은

나이고 싶습니다.

당신이 달려오는

이유가 소중하듯

나도 그렇습니다.

슬픈 인연

마음 열어

기다리건만.

믿지 않고

먼 산이더니.

애탄이

무덤가에.

흰백 눈물은

미련 꽃이다.

달님과 구름 꽃

가을비가 맑게 걷히고
어스레한 새벽하늘에.

달님과 구름 꽃이
오랜만에
아기자기하게 숨바꼭질한다.

장난기가 많은 달님이
구름 꽃 곁에서 맴돌다가
가까이 다가가 까꿍 하니.

귀엽고 깜찍한
구름 꽃은 화들짝 놀라서
하얀 박꽃같이 수줍어 웃는다.

나와 내 남동생 둘하고도
달님과 구름 꽃이 놀듯이
까꿍 놀이 재미있게 했는데…

지금은
결혼해서 떨어져 지내다가
어쩌다 한번씩만 만나는데…

달님과 구름 꽃이 마냥 부럽다.

아름답게 정리해요

따르릉 따르릉
여보세요, 여보세요!

전화 받으세요.
메시지도 받으시고요.

필요하다 싶을 때는
수천 번의 통화와
수만 번의
메시지를 시시로 하다가.

필요성을 느끼지 않을 때는
발에 거치적거리는
나무 막대기 취급 하나요.

웃는 얼굴로 방해주지 않으면
찡그린 얼굴로 방해받지 않아요.

따르릉 따르릉
여보세요, 여보세요!

지금 전화 하세요.
메시지도 하시고요.

주변을 아름답게 정리해서
전화도 즐겁게 받고
발걸음도 가볍게 걸어요.

비의 멜로디

독특한 소리를 조절해내는 비가 내리면
야릇한 감성에 젖게 되고
잔잔한 미소가 흐르기도 하는데
지금은 가슴 한편에
환타 맛으로 소장되어 있는
검정 고무신 시절의
향긋하고 톡 쏘는 추억이 눈앞에 펼쳐집니다.

이 비의 멜로디는
그 때 그 시절의 미소를 만드는 풍금 연주입니다.
밤새 기대하고 잠 한숨 못 이룬 소풍인데
느닷없이 새까만 먹구름과 장대비가 몰려옵니다.

보물찾기와 장기자랑으로 들떠서
들로 산으로 하나 둘 하나 둘 기대하는 발걸음은
어쩔 수 없이
어제와 같은 공간에서 답답하게 숨을 쉬어야합니다.

선생님은 딱딱한 나무 인형처럼 아무렇지도 않게
오늘 소풍은 비가 오는 관계로 교실에서 보낸다면서
풍금 앞에 앉아 건반을 누르며 우리들을 봅니다.
전주곡을 듣고 따라 오라고 눈으로 고개로 신호합니다.

우리는 피노키오 코처럼 입이 한 자는 나와
벌이 앵앵거리듯 불만스럽게 노래를 합니다.
한 시간 두 시간 세 시간 계속입니다.
부른 노래 부르고 또 부르고
지쳐 보이면 돌려서 쉬었다 부르고 또 부릅니다.

엄마가 햇빛 보고 맛있게 먹으라고 싸준 김밥은
칙칙하고 우중충한 교실에서 꾸역꾸역 다 먹고
병아리 눈물만큼 모기다리 뒷다리만큼
한 모금 한 모금 목을 축이는 환타는
이제 다 비었다고 바람소리만 휘휘 나고
내가 가장 좋아하는 삶은 계란도 다 먹었습니다.
언제 다섯 개를 다 먹었는지 하나도 없습니다.

노래를 꿍꿍 부르다 배가 고프거나 목이 마르면
교실 뒷문 옆에 터줏대감처럼 자리 잡고 있는
주전자 안에 물이나 꿀꺽꿀꺽 마셔야 합니다.
지금처럼 학교 내에 매점이 있으면 좋겠지만
그 시절에는
상상도 할 수도 없는 우주선 이야기입니다.

고맙고 감사하게도
선생님의 풍금 연주는 끝났습니다.

우리 몸은 간지럽지도 그렇다고 저리지도 않는
이상하게 알 수 없는 상태의 한계를 넘어서
점점 꽈배기가 되어가고 있는 것을 알고
선생님은 조용히 자유 시간을 보내라고 합니다.

우리는 하나같이
손을 올려 기지개도 켜고 다리도 쭉 뻗습니다.
이쪽에서는 이게 뭐야! 하고 빈정거리고
저쪽에서는 아유! 지겨워하면서 투덜투덜합니다.

놀이동산 가는 날처럼 즐겁게 정해져 있는 소풍은
생각만 해도 가슴 설레고 행복한데
비의 덫에 걸려서
생쥐처럼 나가지도 못하기 때문에
몇 곱절은 더 답답하고 지루한 것 같습니다.

우리는 다행이도 정말 다행이도
노란 주전자에
맹물은 마시지 않아서 좋았습니다.
다른 때는
주전자에 물이 꿀물처럼 달콤하지만
환타 뒤에 마시는 물은
니글니글해서 토하고 싶은 밋밋한 맛입니다.

오늘같이 독특한 비의 멜로디가 흐를 때면
실눈이 떠질 만큼 소리 없이 이죽거리는
그 비오는 날의 애매한 교실 분위기와
뽀글이파마 머리의 선생님 연주가 생각납니다.

비밀의 공간

당신의 가슴 속은
도통
소리가 나지 않는
비밀의 공간입니다.

내 머리와 가슴이
더 가까이 하여도
알 수 없는 공간입니다.

무엇이 그토록
피폐한 감정으로
억압하고 있나요.

죽고 싶을 만큼
힘들어하면서도
변화를 두려워하나요.

나인 나로 부족하여
내 사랑을 덤으로
당신처럼 받아준다면.

당신의 삶이 되는 나는
당신과 똑같아서
이보다는 더 행복한데.

다가가면 더욱더
피폐한 감정으로
억압하고 있는지.

도대체 무슨 일로
가까이 하면 할수록
알 수 없는 공간입니다.

다이돌핀이 솟아나요

난 당신이 참으로 좋은가봐요.
우연한 기회에 처음으로
지금 딱 한 번 봤을 뿐인데.

트로트 전주곡이 흐르듯이
내 가슴은 쿵작쿵작 뛰고
심장은 터질듯이 벅찹니다.

난 엄청난 사랑에 빠졌나봐요.
당신의 깔끔한 매너에 반해서
내 몸에 다이돌핀이 마구 솟습니다.

당신은 음식을 여유롭게 씹고
물 컵은 시선에서 벗어나게 하고
내게 주는 한 송이 꽃은 최고입니다.

나는 당신을 우연한 기회에
지금 딱 한 번 봤을 뿐인데
아 이렇게 놀라운 감동도 있습니다.

팡 팡 팡!! 주인공은 "나"

팡 팡 팡~~!! 팡파르가 울립니다.
오늘의 주인공은 "나"입니다.
오늘은 오로지
나만을 위하여 24시간을 즐기겠습니다.

일 년에 한번은
색다르게 머무를 곳을 미리 예약하고
거침없이 유쾌한 보따리를 쌉니다.

나는 간덩이가 콩의 낱알처럼 작고 겁이 많아서
사방의 경치가 확 트이고
경찰서가 가깝고 안전한 호텔을 선호합니다.

보따리에는 가족사진, 예쁜 양초, 섹시한 슬립
향기 좋은 샤워제품
파리가 낙상하는 바디로션입니다.
그리고 꼭 챙겨야하는 일기장(노트북)입니다.

머무는 곳에 도착하면
저절로 나오는 콧노래에 리듬을 타고
백조의 날개로 가볍게 날아다니면서
준비한 필수품을 탁자에 하나하나 정리합니다.

호텔 룸서비스 마감시간도 미리 알아보고
내 취향에 어울리는
갖가지 과일, 은행, 생률, 샴페인을 준비합니다.

그리고 차분히 창가를 보면서
다이아 알갱이 같이 아주 작은 밤빛들이
반짝반짝 빛나는 바다에 미소를 짓습니다.

나는 밤빛들이 깔려있는 파도치는 배경에서
고맙고 감사한 내 자신에게
영양을 주고 에너지를 불어넣은 시간을 보냅니다.

이 시간은 앞으로 다가오는 일 년 365일을
나도 모르는 사이사이에
기쁜 열정을 주고 삶을 달콤하게 해줍니다.

가족하고만 사용하는 휴대폰 배터리는 빼고
텔레비전은 고장 났다고 생각하고
조명불은 아주 약하게 낮추고
나만의
로맨틱한 분위기를 최상으로 연출합니다.

물 건너서 마련한 사과모양의 양초로
방안을 무지개 빛깔로 환하게 피어나게 하고
향기가 좋은 몸에 섹시한 슬립을 걸치고
샴페인을 팡~! 소리가 나도록 터트립니다.

나는 나에게 그동안 고맙게 잘 견디고
여기까지 오게 된 내 몸과 마음에게
감사의 인사를 미소천사처럼 합니다.
직업상 수도 없이 타인에게 하는 인사를
진정 아름답게 나를 위해서 합니다.

특별하게 정해진 공간에서 벗어나지 않고
열심히 먹고 웃다가 자다가 생각하다
내 안의 나와
"넌 이게 나빠 앞으로 이건 고쳐야 해
넌 이건 좋아 변함이 없어야 해" 하고
말을 끊임없이 주고받기도 합니다.

즐겁고 유쾌하고 상쾌하고 통쾌하게 살고
두통약을 먹게 하는 고상떨기에는 낙제니까
지금처럼
바보같이 편안하게 살자고 약속도 합니다.

사랑하는 내 이름을 상냥하게 부르고
우리 오늘밤 행복하게 잘 지내고
또다시 내년에도 아랫배가 쳐지도록 시원하게
팡 팡 팡~~!! 팡파르를 울리자고 합니다.

행복을 만들어 주는 한지나

제 1 시집 3원색 시간
제 2 시집 여시의 고백
제 3 시집 배터진 연정
제 4 시집 공기의 입맞춤을 펴내기까지
아낌없이 수고해주신 편집국장님께
진심으로 감사의 말씀을 드립니다.
늘 부족하고 미흡한 글을
함박꽃처럼 환하게 웃으면서
내용을 꼼꼼하게 정리해주고
표지 디자인까지
멋지게 완성해주셔서 감탄했습니다.
같이 일을 하면서
정답고 편안하게
이름 부르게 해줘서 고마운 한지나씨,
제 인생에 보석보다 귀한 행복을 만들어줘서
영원히 잊지 않고 고운 이름 기억하겠습니다.
부디 건강한 아기 출산 후에 또 뵙기를 바랍니다.
한지나 편집국장님,
그동안 고생 많이 하셨고 정말 사랑합니다.

시인 배정이

공기의 입맞춤

배정이 제 4 시집

초판 1쇄 : 2015년 9월 1일

지 은 이 : 배정이

펴 낸 이 : 김락호

디자인 편집 : 한지나

기 획 : 시사랑음악사랑

인 쇄 : 청룡

연 락 처 : 1899-1341

홈페이지 주소 : www.poemmusic.net

E-Mail : poemarts@hanmail.net

정가 : 10,000원

ISBN : 979-11-86373-15-6